角落小夥伴

和朋友
和睦相處的
方法

監修
筑波大學教授
相川 充

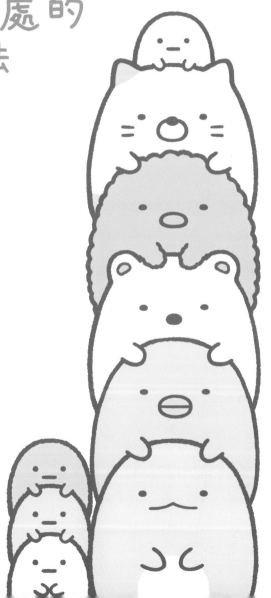

前言

為了幫助大家與朋友和睦相處
本書提供了各式各樣祕訣！

我的朋友跟別人相處的比我還要好⋯⋯
我想要更會聊天，交更多朋友。
和好朋友吵架後，想要和好。
朋友哭了⋯⋯想要安慰他！

與朋友相處時，
常產生各種心情感受吧。
但是不知道該怎麼處理才好，
心裡總是七上八下。

本書整理了對應「各種不同心情」
的許多建議喔。
一定能幫上你的忙！

來吧！和角落小夥伴一起打開書本，一起學習吧!!

角落小夥伴是什麼？

只要一搭上電車就躲在角落的位子，

去咖啡廳就想找角落的座位……。

只要待在角落，不知為何就會感到「好安心」嗎？

怕冷的「白熊」、缺乏自信的「企鵝？」、

被吃剩(!?)的「炸豬排」、害羞的「貓」、

隱瞞真實身分的「蜥蜴」等，

許多雖然有些內向，卻各自擁有特色的

「角落小夥伴」。

喜愛角落小夥伴的你、在意角落小夥伴的你，

也願意成為角落小夥伴的好朋友嗎？

本書為喜愛角落小夥伴的你

提供許多「與朋友和睦相處」的方法。

透過圖表或問答題，

愉快的學習每一天都能和朋友同樂的祕訣吧♡

角落小夥伴 & 角落小小夥伴們的簡介

白熊

從北方逃跑而來，
怕冷又怕生的熊。
在角落喝熱茶的時候
最讓他安心。

再也受不了
北方了…

拖拖拉拉…

特長：畫圖

個性：怕生

愛好：茶

企鵝？

對於企鵝?這個身分
沒有自信。
從前從前，頭上好像
有個盤子……

每天都忙著
尋找自我。
但是書上總是找
不到有關綠色企
鵝的記載……

喜歡的事物：小黃瓜

愛好：閱讀、音樂

謎樣的敵人？：夾子

企鵝?
常常被夾走。

為各位介紹在《角落小夥伴的生活》登場的每一位。
和你最像的是誰呢？

炸豬排

炸豬排的邊邊。
1% 瘦肉，
99% 油脂。
因為太油，
被吃剩下來……

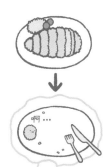

粉紅色的部分是
1% 的瘦肉。

常常發呆。

想起過去的
心理創傷，
偶爾會顯得
心情沉重……

貓

容易害羞，
在意體型。
個性怯儒，
常搶不到角落。

個性：謙和

總是顧慮著
旁人感受。

喜歡的事物：貓罐、魚、貓草等

蜥蜴

其實是倖存的恐龍。
怕被人抓，
所以偽裝成蜥蜴。
對大家也緊守祕密。

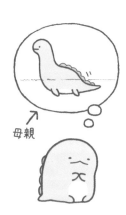

↑
母親

在森林裡，以「蜥蜴」的身分
生活。常常和角落小夥伴們
一起待在房間的角落。

喜歡的事物：魚　　　特長：游泳　　　朋友：蜥蜴（真正的）
游—
↓

粉圓

奶茶先被喝完，
所以不好吸，
就被喝剩下來。

Q彈。

炸蝦尾

因為太硬而被吃剩下來。
與炸豬排是
心靈相通的好友。

面無表情。

真是受夠了

愛亂塗鴉。

黑色粉圓

比一般的粉圓
個性更加彆扭。

個性：彆扭

角落好朋友
炸豬排

常和同為炸物
好朋友
又是吃剩好朋友
的炸豬排在一起

雜草

內心擁有一個夢想
希望有一天能被製
作成嚮往的花束,
是積極小草。

貓常幫他
澆水。

角落好朋友
貓

愛交朋友。

裹布

白熊的行李。
常被拿到角落占位子
或用於禦寒。

角落好朋友
白熊

偶爾會洗一洗。

飛塵

常常聚集在角落
無憂無慮的一群。

總是
一臉笑咪咪。

偽蝸牛

其實是背著外殼的
蛞蝓。對大家說謊,
心裡有些過意不去……

嚮往成為蝸牛,
所以背著外殼,
心裡有點愧疚……
其實角落小夥伴們
早已發現牠是蛞蝓。

角落好朋友
蜥蜴

對不起
對不起

動不動就道歉。

說不出口
自己是蛞蝓……

麻雀

普通的麻雀。
對炸豬排很感興趣,
常來偷啄一口。

常待在附近
或飛或走。

和貓頭鷹感情融洽。

幽靈

住在閣樓的角落裡。
不想嚇到人,
所以躲躲藏藏。

喜歡有趣的事物。
打開嘴巴怕會嚇到人,
所以靈可能閉緊嘴巴。

7

目次

第1章

要怎麼做才能交到朋友呢？

第**2**章

如何相處融洽？

目次

第3章

我是一個怎麼樣的人？

第1章

要怎麼做才能交到朋友呢？

交朋友這件事，說來簡單，但又很不簡單。
首先，為你介紹交朋友必備的重要祕訣，
請從開朗的打招呼或對話開始吧！

見面打招呼帶來好心情！

平常會
對誰打招呼？
☑一起來打勾勾！

□家人
「早安。」
「我出門了。」
「我回來了。」

□老師
「老師早。」
「老師再見。」

□同學
「早安。」
「明天見。」
「再見！」

□朋友
「〇〇，早安。」
「〇〇，明天見。」

□鄰居
「早安。」
「再見。」

□家裡的客人
「你好。」
「初次見面。」

你有幾個勾勾呢？

6 個

每個都能做到的你，真的是太棒了！
請繼續保持下去
和每一個人打招呼吧！

4〜5 個

做到4〜5個的你，
常常和人打招呼喔，很棒！
哪一位是你在無意間忘了打招呼的人呢？
下次記得也跟他打打招呼吧！

1〜3 個

做到1〜3個的你，
不好意思先開口嗎？
請再多提起一點勇氣，
試著和大家都打招呼吧！

0 個

一個都沒打勾的你，打招呼是很重要的喔。
第一步，先跟身邊的家人打招呼吧。
習慣之後，再試著跟常遇到的人們打招呼。
打招呼時，請別忘了臉上的微笑喔！

透過打招呼
就可以讓彼此都有好心情喔

主動打招呼的孩子，會讓人增加好心情喔。

尤其是面帶微笑的打招呼，

對方自然而然也會對你露出微笑。

想想自己是不是對朋友、家人、老師等身邊的人們，

都能開朗的打招呼呢？

一開始，可能會感到有點害羞，

但只要開口打招呼，不管是自己或對方都會心情變好喔！

時時記得
這樣打招呼

一天之中，有很多可以打招呼的機會。
下列都是常用的招呼語，一定要試著說說看喔！

早安　再見

「早安！」「再見！」
是招呼語的基本。
和其他人碰面時
請看著對方的眼睛說說看。

謝謝

收到東西時，
記得說「謝謝」，
對方也會因為你的回覆
很開心喔。

對不起

做了不好的事，
馬上說「對不起」，
傳達自己真誠的心意。

謝謝您
抱歉

對年長的人（大人）
打招呼時，
請記得要有禮貌喔。

要如何先開口交談？

你都怎麼
開口交談呢？
請沿著做到的選項
往下一步。

A 一開始就能
親密的開啟話題

B 從打招呼
開始聊天

Yes →

‖ START ‖

想要
和他做朋友時，
你會主動
先開口說話嗎？

No ↘

C 想要攀談
卻扭捏不敢開口

D 等待他主動
來跟我說話

A 一開始就能親密的開口交流

能親密的對話是很好的事。
說不定是成為好朋友的捷徑喔！
但是，太急於跟對方說很多的話，
還是有可能會嚇到對方。

B 從打招呼開始聊天

開口打招呼，
對方也很可能會因此回應。
再下次開口交談時，彼此就能安心聊天了。

C 想要交談卻扭捏不敢開口

就算有主動開口講話的念頭，卻太害羞而不敢說。
這種時候，請你一定要試著提起勇氣打招呼喔！
說不定你會因此多了一個好朋友！

D 等待他主動來跟我說話

靜靜不說話，一味等待的話，
別人可能會覺得「他想要一個人獨處吧」。
請你試著開口說：「你好！」

能跟任何人開口交談
真的太開心了！

要跟從沒說過話的朋友開口交談
真的教人心跳加速呢。
但是，你是不是也認為有人願意跟自己講話
是讓人「好開心！」的事呢？
其他人也是這麼想的。
所以，提起勇氣，面帶笑容的試著開口吧。
對方一定也會微笑回應你的喔！

請試著
這樣做！

每一個人都學得會的交談法。提起勇氣試試看吧。

1.先打招呼！

從「早安！」、「再見！」、「明天見！」等
這些招呼語開始吧。
這是交朋友的第一步。
如果能在招呼語前，先加上對方的名字，
可以更拉近彼此的距離喔！

2.自己先開口！

想要和他交朋友，試著由自己先開口吧。
這樣的話，對方也會打開心房，
說不定你就有一個可以聊得很開心的朋友喔。

3.一起做點什麼事！

一起玩，或是一起合作什麼事的話，
就有機會能更了解對方喔。
有喜歡的朋友的話，不妨試試開口邀請。
創造更多聊天的契機。

試著聊聊自己！

開口交談時，
會怎麼
介紹自己呢？
選出你的答案吧。

A 只告訴對方
我的名字

B 沒被問到
就不會多説

C 不只説了名字
還聊了自己的
大小事

要如何開口交談？

選擇 Ⓐ 的你

告訴對方你的名字的確很重要。
對方才能知道怎麼稱呼你。
但是只有名字，很難了解你是一個怎樣的人，
請試著再多聊聊其他事情吧。

選擇 Ⓑ 的你

不知道該怎麼開始聊聊自己的事？
可能是因為你太害羞的緣故，
如果你願意多聊一聊自己，
讓對方多了解你，即是打開友情第一道門。
一旦彼此聊得開心，感情很快就會好起來。

選擇 Ⓒ 的你

除了自己的名字以外，
還能跟對方聊聊自己的你，真是太棒了。
你應該很擅長交朋友吧！
但除了聊自己的事，
如果也能多問問、聽聽對方說什麼，
那就更完美了！

朋友更了解自己
真讓人開心

能夠讓朋友更了解自己，

真的是令人感到十分開心的事呢。

除了名字，如果朋友也能了解

我的個性、我喜歡什麼的話，

和朋友的距離就能拉近，彼此相處不尷尬。

就算不擅言詞，只要清楚用自己的想法，

把話說出來，朋友一定也會懂的喔。

試著自我介紹吧！

自我介紹是很重要的。
讓朋友更了解自己的大小事，
是讓感情變好的開始喔。

參考下方的個人資料卡，
做一份自己的資料卡吧！
喜歡的東西、不喜歡的東西、做得很好的事情
以及正在努力的事情，全部都先寫下來，
以後自我介紹時，表達就會更順暢了。

個人資料

姓名	
喜歡的東西	
討厭的東西	
做得很好的事情	
正在努力的事情	

你有多了解你的朋友？

聊天時，你都怎麼問朋友問題呢？

A 從頭到腳
能問的
全部都問

B 使用尊稱「您」
小心發問

C 扭扭捏捏
幾乎
不敢提問

D 一邊分享自己
的事，一邊問
問題

A 從頭到腳，能問的就全都問

突然一下子就追根究柢，不斷的提問，
說不定會嚇到對方喔。
所以，聊天請一邊觀察對方反應，循序漸進會比較好。

B 使用尊稱「您」，小心的問

禮貌的用詞是很重要的沒錯，
但是面對年齡相近的朋友，反而讓對方感到有點距離。
試著用對方能輕鬆回話的親切用語，就可以了唷。

C 扭扭捏捏，幾乎不敢提問

要向朋友問問題，真的是很讓人緊張。
但是，說不定對方也跟你一樣緊張呢。
請試著鼓起勇氣開口，
就能夠與朋友好好交流喔。

D 一邊分享自己的事，一邊問問題

一開始就主動跟朋友分享自己的事，
這樣朋友也能安心的跟你分享自己的事，很棒喔！
記得不要只顧著說自己的事，最好能和朋友輪流說。

了解朋友更多事的話
感情就會變得更好喔！

交了朋友，試著問問對方
喜歡什麼、討厭什麼、興趣又是什麼吧。
如果兩人喜歡的東西都一樣，就會聊得很愉快；
如果兩人喜歡的東西不一樣，
也可以請對方多說點他喜歡的事和物。
和朋友之間，
就能像傳接球一樣，一來一往的對話了喔。

試著
這樣問問看！

感情要變好的祕訣就是更了解彼此。
如果不知道該怎麼問問題，請先從這3個問題開始吧。

1. 問問喜歡什麼。

我喜歡○○。
你喜歡什麼呢？

互相問對方喜歡什麼，有機會讓兩人感情更好喔。

2. 問問喜歡吃什麼、討厭吃什麼。

我喜歡吃○○。
你喜歡吃什麼呢？

食物的事，可以輕鬆的打開話匣子呢。

3. 最怕的科目？

我最怕★○○了，
你呢？

能知道對方最弱的科目，有助於瞭解彼此的心情喔。

★這裡的「怕」
⋯⋯指的不是討厭，就只是提不起勁，還沒辦法做得很好的事喔。

怎麼樣才是懂得傾聽？

當別人
在說話時
你都怎麼回應？

A 聽著聽著
又是笑
又是拍手的
反應熱絡派

啊哈哈！

B 單音
回應派

喔～
這樣子呀！

……。

C 安靜的
點頭派

說到這個，
我覺得〇〇

D 說個不停
滔滔不絕派

A　反應熱絡派… 第4級

對說話的人而言，聽的人的表情、肢體動作反應，
都能讓說的人更起勁。
反應熱烈的你，是一個很善於傾聽的人！
下次換你也說說自己的事，更能增進彼此的感情喔。

B　單音回應派… 第3級

同意對方意見而做出回應，可以讓對方更順暢的表達。
不過，如果只是單純的「嗯嗯」、「喔」出聲音附和，
對方可能會搞不懂你心裡的感覺，
而在想自己是不是說得不夠好。
偶爾笑一笑，清楚說出：「我也是這麼想的！」就更好了。

C　點頭派… 第2級

對著笑迷迷的人說話，可以讓人更放心的傾訴。
但聽的人一直不出聲回應，說的人說不定會越來越不安。
適時的用「嗯嗯」或「喔」或簡單說幾個字回應，
都能讓對話升溫，你的傾聽段數就能再往上提升。

D　滔滔不絕派… 第1級

可以自己說不停的你，是非常善於表達的人。
託你的福，想必常常可以讓談話氣氛變得好熱絡。
下次請試著停一下下，先聽聽朋友說什麼，
挑戰成為「傾聽高手」吧！

善於傾聽
讓對話更愉快！

心裡有煩惱，習慣悶著什麼都不說，

但如果有朋友願意聽，

能說出來，心裡應該會輕鬆不少吧。

你願意傾聽朋友的心事嗎？

好好看著對方，仔細聆聽他說些什麼。

只要簡單的這麼做，就能讓朋友安心的傾訴，

讓彼此相處更愉快喔。

成為傾聽高手的 4大要點

要成為「傾聽高手」，請依照下列4大重點，
就能自然而然善於傾聽喔。

1.看著對方的眼睛

說著「就是這樣沒錯！」凝視對方眼睛，
對方會感受到你很真誠的在聽他說。

2.真誠的回應配合著對方

朋友笑的時候，你也一起笑；試著以表情表達出理解。
這麼一來，朋友會感受到「你懂我」，更願意往下說。

3.時而聆聽，時而附和

朋友在認真述說時，
試一試時而仔細聆聽，時而附和「嗯」、「沒錯」等等話語。
讓朋友感受到你正在認真聽他說。

4.聽到最後

請不要打斷對方的話，聆聽到最後。
朋友會很高興你願意聽到最後，
你也會完整知道朋友想表達的事情。

怎麼炒熱談話氣氛？

一群人
想要一起聊天時，
你會怎麼做？

A 對著大家說

B 鎖定一個人
對他說

Q 大家一起
聊天時，
你會主動
參與話題嗎？

Yes

No

C 靜靜的聽

D 有人發問
才回答

Ⓐ 對著大家說

對著每個人，主動先開口說話，
讓所有的朋友可以跟著加入話題。
這樣的你完全是個善於炒熱氣氛的厲害高手喔！

Ⓑ 鎖定一個人對他說

如果都沒人說話，感覺怪怪的吧。
對著某一個人，先開啟話題的你，很有勇氣喔！
從這個小小對話開始，加入一點大家可以共同討論的話題，
就更棒了呢。

Ⓒ 靜靜的聽

仔細聽朋友說話的你，是個很善於傾聽的人。
但是，正在說話的朋友，可能會因為你都不說話，
以為「他是不是覺得很無聊？」而感到不安。
請你把心裡想到的，或感受到的事，試著說出來吧。

Ⓓ 有人發問才回答

你應該也屬於善於傾聽的人。
但是好不容易大家聚在一起，試著自己開口講講話吧。
一定有人也跟你一樣，在等著別人起頭問問題喔。
他會很開心，有你可以跟他說說話。

大家一起談個天
感情更融洽喔！

聊得很起勁，
指的是在場的每一個人都加入聊天喔！
有人一句話都不說，
或老是同一個人一直說
真是太沒意思了！
所以請一起來練習如何主動講話、增加話題，
讓大家你一語我一句，一起聊得很起勁！

和大家一起
愉快聊天吧！

不知道怎麼談天時，可以參考下方圖表的回應方式，
說的人和聽的人都可以有互相交談的機會喔！
聽人家說話的人，也能邊聽邊回應「好有趣喔」等等，
讓大家可以一起聊得更開心！

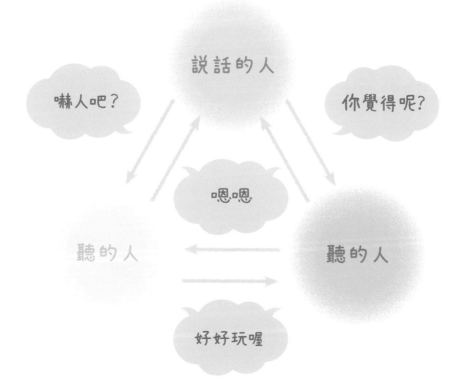

「不舒服的用語」與「舒服的用語」

朋友感冒了，
要取消約會時，
你會怎麼回答？

A 明明約好了！

B 感冒好了
再一起玩

C（什麼都不說）

D 我們
下次再約吧！

「舒服的用語」？「不舒服的用語」？

讓人聽了會心情很好，就是「舒服的用語」，
讓人聽了會受傷的，就是「不舒服的用語」。
你的用語，是哪一種呢？

A 明明約好了！… 不舒服的用語

感冒了所以不能赴約，
也是沒辦法的事。
你卻這麼回答的話，會讓朋友很傷心的。

B 感冒好了再一起玩… 舒服的用語

比起約好的事，更在乎對方的身體健康，
你的朋友會覺得很溫暖喔。
「我一定要趕快好起來！」對方一定會這麼想吧！

C （什麼都不說）… 不舒服的用語

什麼話都不說，朋友一定會很在意。
只是不知道該說什麼，你的沉默卻會讓朋友覺得受傷，
就算沒說話，也是「不舒服的用語」喔。

D 我們下次再約吧！… 舒服的用語

這句話讓人感覺很親切，
是讓人很舒服的用語。
再加一句「要趕快好起來。保重喔！」
等關心朋友健康的話，
就更棒了！

唷吼—

多運用「舒服的用語」
彼此心情會更好喔

常常說著「舒服的用語」

能帶給大家朝氣，

自己和周遭的人，都會覺得心情很好喔！

即使是小小的事情，

也要時時記得說句「謝謝」、「好開心」喔。

只要一句話，

就足以溫暖朋友的心。

避免「不舒服的用語」，
多用「舒服的用語」！

下列是一些常用的「舒服的用語」及「不舒服的用語」。
你還能想到哪些，請把它們寫下來。
提醒自己盡可能避免說「不舒服的用語」。
常常使用「舒服的用語」。

不舒服的用語	舒服的用語

不舒服的用語

無聊

討厭

辦不到的
啦！

氣死了

刺耳

好煩

好醜

笨蛋！

好怪喔

你在幹嘛?

等等…

舒服的用語

不要在意

人真好

好厲害喔

好喜歡

好想學喔

謝謝

沒事啦

開心

幫上大忙

好棒喔

等等…

39

和朋友相處時，應該注意的禮貌。

你有隨時保持禮貌嗎？
請在下列問題中，
選出 **1** 或 **2**

Q1 朋友幫忙撿東西時

1 我會說「謝謝」

2 一言不發把東西拿回來

Q2 跟朋友借東西時

1 用完馬上還

2 想到才還

Q3 把朋友的東西弄壞時

1 立刻道歉

2 等他自己發現再說

Q4 和朋友玩完要分別時

1 對他說「下次見」

2 不發一語就回家

40

1 比較多的人

禮貌是傳遞友善的表達方式。
不管關係再親密深厚，
往來都要好好尊重對方，保持禮貌。
1 比較多的你，就像上面所說的，
是很守規矩的好孩子喔！
請繼續這樣維持下去吧。

2 比較多的人

擁有像家人一樣，感情很好的朋友，是很棒的事。
但是，再好的朋友，
也可能偶爾不太喜歡你太過隨便的態度喔。
2 比較多的你，話說出口前請先再仔細想一想。
不管感情再好，都要記得說「謝謝」或「對不起」，
尊重朋友、保持禮貌是很重要的喔。

有禮貌
能讓自己和對方互動良好

覺得「我們感情很好」，而忽略體恤對方，

不知不覺或一個不小心，

就會讓對方感到不舒服喔。

所以，就算是感情再好的朋友，

也一定要記得說「謝謝」或「對不起」。

遵守禮貌，可以讓彼此相處得更愉快。

為了可以跟朋友
一直好感情
該注意的基本禮貌

為了跟朋友可以一直維持好感情，
請先試著這麼做。

1. 謝謝掛嘴邊

朋友為我做了什麼，馬上就說「謝謝」。
如果心想：「不說，他也知道吧！」就不表達謝意的話，
對方可能會覺得「我是不是太雞婆了？」而不安。

2. 借的東西馬上還

跟朋友借東西，
用完了一定要馬上還。
返還的時候，請一定不要忘記說謝謝喔。

3. 馬上道歉

「我做了不好的事了吧！」有這樣想法產生時，
請一定要趕快道歉。
默不作聲的話，對方也會一直心情不好。
馬上道歉，一定能好好傳達心意，才有機會重拾友誼。

朋友難過時，怎麼辦？

朋友在哭時
你會
怎麼辦呢？

Ⓐ 温柔的問
「為什麼哭了呢？」

Ⓑ 開口問「怎麼了？
願意告訴我嗎？」

START　Yes

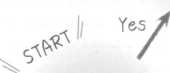

Q 朋友哭了，
你會
開口問嗎？

No

Ⓒ 等他找我談

Ⓓ 盡量不要管

44

Ⓐ 溫柔的問「為什麼哭了呢？」

擔心在哭的朋友，出聲關心他是很棒的舉動喔。
溫柔的詢問，能夠傳達自己的心意。

Ⓑ 開口問「怎麼了？
願意的話，可以說給我聽聽。」

像這樣出聲詢問，
朋友會比較願意跟你分享心裡的煩惱。
請記得傳達「如果不想說，不說也沒關係喔。」的心意。

Ⓒ 等他找我談

朋友來找你談，如果能幫上忙那就太好了呢。
但如果能主動傳達「隨時都可以跟我說喔」的態度，
或是問問他「怎麼了？」就更好了。

Ⓓ 盡量不要管

也許你想著「朋友自己的問題，跟我無關。」
但是，如果是好朋友，應該要試著好好表達你的關心。
說不定朋友想要和你談一談喔。

站在朋友的立場
設身處地想一想會更好喔

當朋友有困難時，

心裡會有「想要支持他」、「想幫他」的念頭吧。

但是，能替他做什麼，

不是馬上就能知道的。

這時候，請先溫柔的對他說說話，

確認他的心情狀況如何。

就算只是知道有個朋友正在為自己而擔心，

也可以讓他心裡更安定喔。

像這樣
主動跟朋友說說話吧！

替大家彙整可以讓朋友放鬆的一句話。

「怎麼了？」

看到朋友一臉不開心，可以這樣問問他！

「可以說給我聽喔。」

先對他表達自己的支持「什麼都可以說給我聽喔。
我是站在你這邊的。」

「需要幫忙嗎？」

如果覺得他需要幫忙，就主動先詢問及幫忙吧！

「沒事吧？ 你還好嗎？」

如果發覺朋友一臉煩惱的樣子，請先開口問問吧！

意見不合時，怎麼辦？

如果
和朋友的意見不同，
怎麼辦？

Q 朋友約你去他家玩，
可是你想去公園玩。
該怎麼跟他說呢？

A 雖然心裡想去公園玩，
還是回答：
「嗯，去你家玩吧。」

B 什麼
都不說

C 「去你家玩也不錯。
但是我今天比較想去
公園玩。」

48

A 雖然心裡想去公園玩，
還是回答：「嗯，去你家玩吧。」

朋友的邀約，很難拒絕吧。
但還是可以好好表達自己的意見喔。
朋友一定也不想強迫你才對。

B 什麼都不說

你正心裡煩惱著，所以不知道該說什麼吧。
但是，什麼都不說，朋友就無法了解你的想法，
也會很困擾，不知道你到底要不要去他家。

C 「去你家玩也不錯。
但是我今天比較想去公園玩。」

你能夠好好聽完朋友的意見，
再表達自己意見，
而且在意見不同時，
懂得和朋友一起討論，真的很棒！

互相了解
彼此的意見吧！

當意見和朋友不一樣，

「萬一表達了我的意見，會不會傷害到他？會被他討厭吧？」

容易像這樣子感到不安。

但是，為了了解彼此的想法，

先聽聽朋友的意見，

再充分表達自己的意見，也是很重要的。

意見不同，不是不好的事喔。

不傷害
對方的
表達方式

要怎麼做，才能充分表達自己的意見？
首先最重要的是，要先好好聽對方說什麼喔。

1. 先認同對方的意見

朋友也有他的意見。
就算和自己的意見不同，
也要認真聽，先去理解「原來還有這個想法啊」。

2. 述說自己的意見

傳達自己意見「我是這麼想的」。
這個時候請一定要注意，
如果只覺得「我的意見比較好」而批評對方，
或強迫對方認同自己的意見，
可是會傷害到對方的喔。
保持開放的態度且友善的交換意見，
才是能增進彼此互相了解的方式。

該怎麼好好說不？

「來我家吧！」
朋友邀約時
卻不能去。
這時，要怎麼拒絕呢？

Ⓐ「不要！」

Ⓑ「怎麼辦
才好……」

Ⓒ「抱歉，
我有事不能去。
下次再約我喔。」

A 「不要！」

明確表達自己意見是很重要的。
但是，語氣太凶的話，
朋友可能會因此會錯意，覺得很難過喔。
請小心表達的方式。

B 「怎麼辦才好……」

朋友特別邀約，要拒絕真的很難呢。
但是，如果不回應，
朋友會無法瞭解你的想法，
你也會很困擾。
請好好的回覆對方吧。

C 「抱歉，我有事不能去。
下次再約我喔。」

先說明「我有事」好好告訴朋友拒絕的理由。
也加上「抱歉」、「下次再約我喔」的話語，
不直接傷害朋友的心意。
這樣做，是很棒的拒絕方式喔！

拒絕的時候，
要友善而明確！

朋友來邀約你時，
如果冷漠*的拒絕，
可能會讓朋友難過而誤解了你
「該不會他討厭我吧？」
所以，請友善且溫柔的說。
重點是，拒絕的時候，
要明確表達不能答應的原因喔。

★「冷漠」
……指的是不在乎對方，或是不夠體貼對方。

好閒

拒絕時，不引起對方反感，可是有方法的喔！
接下來就一步步教你這些祕訣吧。

1. 傳達心意

「特地來約我，真的很抱歉。」
「你來約我，我真的好高興。」
使用像這樣子的友善用語，將你真正的心意表達出來吧。

2. 不要使用不明確的詞語

「雖然我很想去，但是……」類似這樣，不夠明確的回覆，
會讓對方以為「還在猶豫吧？」而會錯意喔。
拒絕的時候，請一定要使用明確的字句。

3. 説明拒絕的理由

如果不知道拒絕的理由，
朋友可能會以為「他是不是不喜歡我」？
而感到不安。
能夠知道被拒絕的原因，
朋友才會覺得「原來如此。那也沒辦法了。」

角落小夥伴 **すみっこぐらし**™

白熊的朋友

白熊和友善的企鵝（真正的）相處的時光好像很快樂呢。
不論是久別重逢，還是初次見面，大家似乎都可以成為朋友，
開心聊天著。

第2章

如何

相處融洽？

想和朋友更友好！
想要有更多好朋友！
本章為你整理了許多好用的方法喔。

想和大家都相處融洽！

和朋友
一起決定出遊的地點時，
你會怎麼做？

A 自己決定目的地

B 整合每個人的
想法

C 跟隨
某個人的意見

D 去哪裡都好
不表示意見
等大家決定

選 Ⓐ 的你

是引導眾人的領導型。
能明確表達自己意見，
真的很棒喔。

選 Ⓑ 的你

要讓團體裡所有人達成共識，
真的不是件容易的事，
你能夠做到這件事，
是團體裡的公道伯型呢。

選 Ⓒ 的你

最佳推手型的你，
對朋友而言，是很重要的支持力量。
你是個能溫柔替對方著想的人喔。

選 Ⓓ 的你

你是冷靜型的人。
大家都覺得
你是團體裡不可或缺的人喔。

越了解自己，
和大家感情就能越好！

了解自己是怎樣的人，

才能更明白

自己跟朋友一起玩一起聊天的時候，

應該怎麼和朋友互動。

越了解自己的定位，

越能了解每個人的好，

自然而然能和大家相處得更好！

給每個類型的
發言建議

舉例來說，當班上出現各式各樣的意見時，
如果你能說出這樣的話，會很棒喔。

「今天就決定是這個吧！」

領導型的你，清楚明確的表達自己的意見，
大家應該都會認同喔。

「選擇多數贊成的意見吧！」

公道伯型的你，這樣說說看吧！
不會有不公平的問題，真是太好了。

「我最喜歡○○的意見呢！」

最佳推手型的你，
請選擇最接近自己看法的意見表達吧。

「我覺得△△和□□的意見不錯」

冷靜型的你。就算有兩個以上的意見都覺得不錯，
應該也可以好好的傳達自己的看法，沒問題的喔。

更了解朋友圈裡，每個人的角色類型！

想像一下，
朋友最像家裡的
哪一個人？

A 爸爸或媽媽

B 哥哥或姊姊

C 弟弟或妹妹

D 爺爺或奶奶

…

Ⓐ 爸爸或媽媽

像Ⓐ的朋友，是不是最為你著想，
還會適時告訴你怎麼做比較好呢？
這個朋友應該是最值得信賴和依靠的，
是萬事通又可靠的認真型呢。

Ⓑ 哥哥或姊姊

像Ⓑ的朋友，是不是會幫你解決困難，
支持著你往前進的類型呢？
他是非常適合帶領大家的領導型喔。

Ⓒ 弟弟或妹妹

像Ⓒ的朋友，是不是常會說有趣的事，
有時還會搞怪炒熱氣氛呢？
有這樣活潑型的朋友在，常常一下子就變得很熱鬧。

Ⓓ 爺爺或奶奶

像Ⓓ的朋友，是不是總是笑咪咪的，
一邊聽你說話，一邊「嗯嗯」的附和著，
在他身邊，是不是就覺得讓人好安心呢？
他是可以安撫大家的療癒型喔。

瞭解了朋友的角色
一起聊天就更輕鬆了呢！

班級中，

有各種不同類型的人呢。

和不同性格的人交流

會有不同的新發現，還會有各種樂趣⋯⋯

這就是「 朋友魔法 」。

當魔法發生時，

在學校的時光，會因此越來越有趣呢！

「朋友魔法」

各式類型的朋友一起加入的話，
就可以施展「朋友魔法」喔。

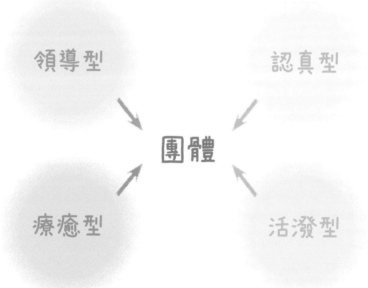

領導型

認真型

團體

療癒型

活潑型

聚集各種不同類型的人，
會出現很多意想不到的火花，不只更加熱鬧，
也有機會發現自己或朋友不為人知的一面。
全班都能相處融洽，就好像施了魔法一般，
讓我們去發現更多趣味喔。
這就是所謂的「朋友魔法」，是不是很棒呢？

和朋友聊天時，該注意些什麼？

想一想和同學聊天時
你的情況符合哪幾項？
請打勾☑！

☐ 總之就是
　　一路說到底！

☐ 自己找話題

☐ 不喜歡有人
　　在中途更換話題

☐ 在中途
　　打斷人家說話

☐ 不擅傾聽

☐ 原來是其他人說話
　　不知不覺
　　又變成你在說話

6 項

你應該很愛說話吧？
想要說的話很多，也很擅長表達。
但是，偶爾聽聽別人說什麼，也很重要喔。
自己和朋友各說一半左右，才能讓雙方都聊得很快樂喔。

4～5 項

你愛說話的程度，大概是中等的。
其他朋友說話時，能仔細傾聽是很好的喔。
說話雖然很開心，聽別人說什麼也很快樂呢。

1～3 項

可以選擇的話，
你不是一個願意主動說話的人吧？
自己說的話，可以逗大家笑，嚇人家一跳，
也是一種樂趣喔。
有機會的話，試著自己主動加入聊天吧！

0 項

負責傾聽很好，
但是大家也許會想要聽聽你的看法喔。
不要壓抑自己的想法，
把自己想說的話說出來，是很重要的喔。

可以愉快的表達
大家都會很開心喔！

團體中，大家一起對話時，

可以好好說自己想說的事，

聽聽朋友的分享，大家都很開心，真好！

但是，實際情況不見得這麼順利，

當你無法好好流利的表達時，請不要立刻生氣，

重新仔細想想，要說的內容該怎麼傳達，

有助於讓對話更順暢喔。

說話時
該遵守的規則

為了讓彼此都可以聊得更盡興，
聊天也是有規則可循的喔。

好的案例

1. 聽完朋友的說話。

2. 好好表達自己的意見。

3. 沒辦法完整表達時，
　 平靜的想想還能夠怎麼做。

不好的案例

1. 不太聽朋友說話。

2. 強勢表示自己的意見。

3. 一旦不如意就生氣。

班上有同學總是獨自一人，怎麼辦？

班上有同學
看起來很寂寞。
你會怎麼做？

A 開朗的邀約他
「一起來吧！」

B 跟朋友討論後
再邀約他

START

會

會向他
開口搭話嗎？

不會

C 等他開口
跟我說話

D 保持現狀

Ⓐ 開朗的邀約他「一起來吧！」

你的一句話，那同學聽了，一定很開心的。
那份開心，應該也可以感染到你，
你也會開心喔。

Ⓑ 跟朋友討論後再邀約他

「搞不好會被討厭……」沒什麼自信時，
不敢單獨去開口交談，或是擔心對方搞不好會害怕。
這種時候，先跟朋友討論，
一起去找那位同學說話，也是不錯的方法喔。

Ⓒ 等待他開口跟我說話

總是獨自一個人的話，
那個同學應該不是會主動開口說話的類型。
所以，比起等待，
由你主動先對他說話，會比較好喔。

Ⓓ 保持現狀

「不要找他說話比較好吧……」
心裡這麼想，所以自己踩了煞車。
但是，不管是誰，有人可以一起說話都會很開心。
不要保持現狀不變，請你出個聲跟他聊聊吧。

朋友越多
會越開心喔！

能夠留意到有人想要加入你的好朋友圈裡，

表示你是一個懂得關心周圍的人喔。

「他想加入吧？」

會這樣子考慮到對方的心意，

是一件很棒的事。

不管是誰，有人找你說話都會很開心，

朋友越多，就會越開心喔！

來訪問一下
新朋友吧！

新加入好朋友圈的朋友，大家都不熟，感覺不太自然，
推薦你可以和他玩訪問的辦家家酒遊戲。
或是也可以製作卡片，請他填寫喔！

問問他喜歡的、不喜歡的東西、感興趣的事情等等！

姓名	
喜歡的東西	
不喜歡的東西	
感興趣的事情	
特長	

製作好新朋友的小卡，
試著在班上同學面前發表吧！
例如：「○○喜歡什麼呢？提示是△△！」
像這樣子，
用猜謎的方式，或許能讓班上的氣氛更加友好喔！

背後偷偷說是不好的事嗎？

你會在背後
偷偷說的是
關於什麼事情呢？

A 不知道是
真的假的
謠言

B 朋友的
壞話

C 朋友的
好話

D 沒有祕密

A 不知道是真的假的謠言

「○○聽說很△△耶」
像這樣繼續傳播沒有確認真偽的事，是不太好的喔。
就算那是真的，偷偷摸摸說人家的壞話，
說不定會讓對方感到很受傷。

B 朋友的壞話

希望朋友改進的地方，
請不要偷偷摸摸在背地裡說，
直接告訴本人比較好喔。
被說壞話，不管是誰都會很不開心。

C 朋友的好話

發現朋友有做得好的地方，或是有想向他學習的地方，
請不要隱瞞，直接對本人說吧。
就算是好話，一旦偷偷摸摸的說，可能會被誤會喔，
看起來也像在說壞話。

D 沒有祕密

看過 A ～ C 說明，就知道
沒有在背後說祕密是最棒的！
祕密是被討厭或被誤會的源頭。

75

背地裡偷偷摸摸，
不管什麼時候都不好喔！

請先想想，如果朋友背著你說關於你的事，

你會是什麼心情呢？

應該會覺得討厭、不安吧。

「他們在說我的壞話嗎？」

是不是容易像這樣往壞處想像呢？

不管是誰都會有這種感受。

所以，不管何時都不要偷偷摸摸的喔！

避免產生誤解的
祕訣

只要一點小用心，
就能避免製造出誤會喔。

1.想要對方改進的事馬上説

如果有什麼希望朋友改進的地方，
請拿出勇氣，溫柔的對他本人說吧。
私底下偷偷說，是沒辦法解決任何事情的。
應該要直接傳達給他，才是比較好的方式。

2.好話請在朋友面前説

好話請直接跟本人說。
說了，他一定會很開心，
你也因此能夠很開心喔。

3.不清楚真偽的事不要説

偷偷摸摸把謠言過分渲染，
說不定有人就會把它當真。
請不要忘記，這樣可能會傷害到別人喔。

如果朋友不守規矩……

如果有朋友
不守規矩的話。
你該怎麼做呢？

START

發現
朋友偷懶
不打掃?

提醒他 →

Ⓐ 先問他理由
再提醒他

Ⓑ 劈頭就跟他說
不可以這麼做

不提醒他 →

Ⓒ 讓老師或大人提
醒他不能這樣做

Ⓓ 不特別做什麼

要怎麼提醒朋友呢？

Ⓐ 先問他理由再提醒他

懂得先問明白事情發生的原因，是很好的喔。
知道理由後，才可以好好為對方提出建議。
例如：「這樣的話，你可以怎麼做比較好喔。」

Ⓑ 劈頭就跟他說不可以這樣做

明確的說出來，的確是很重要的。
但是，說得太直接，會很像指責，讓人難以立即接受。
會有不守規矩的行為，說不定是有不得已的理由。
問明白原因也是很重要的喔。

Ⓒ 讓老師或大人提醒他不能這麼做

請老師提醒他，也是一個方法喔。
但是，解決方法不只有這一個。
畢竟大家都不喜歡被老師訂正。
由你和在現場的人當下討論，或許是很有必要的喔。

Ⓓ 不特別做什麼

朋友老是我行我素，周圍的朋友或許會越來越討厭他。
你的不作為某種程度也是默許他的不守規則，反而不好，
所以希望你願意幫忙提醒朋友，不要什麼都不做。

感情越好，
越要有勇氣去提醒對方！

沒有惡意，卻傷害了身邊的人，

或造成別人的困擾，

這時候如果你能提醒朋友注意，是很棒的行為喔。

提醒朋友雖然需要勇氣，

但說不定因為你的一句話，

有機會讓朋友變成更棒的人。

高明的
提醒祕訣

要提醒別人時，表達方式是很重要的。
是設身處地站在對方立場思考，友善的對他說，
或是口氣強硬嚴肅的說，
給對方的感受會完全不一樣喔。

1.請避免以下會造成吵架的提醒

不要
太任性！

氣死了！

爛透了

2.請用容易聽下去的提醒

你的心情
我很了解。
但是……

怎麼了？
大家好像
很困擾喔。

一起想想
應該怎麼做吧。

和朋友吵架了！

吵架了
你該怎麼辦才好？

Ⓐ 馬上道歉

Ⓑ 先想一想
為什麼吵架
再道歉

道歉

‖ START ‖

我們
吵架了！

不道歉

Ⓒ 等對方主動
來道歉

Ⓓ 就這樣了
不管了

Ⓐ 馬上道歉

會吵架，通常自己和朋友，二邊都有錯。
能夠放下不愉快主動先去道歉的你，真的很棒呢。

Ⓑ 先想想為什麼吵架
再道歉

回頭想想當時為什麼會吵架，
就能避免同樣的事再發生，這一點很棒。
不過請注意，如果擱置太久，可能就很難和好如初。

Ⓒ 等對方主動來道歉

說不定對方也在等你去跟他道歉⋯⋯
自己是不是也有不好的地方呢？
如果有希望和好的念頭，請試著由自己先開口道歉喔。

Ⓓ 就這樣了　不管了

吵架了，就不再開口說話的話，
會很難找到和好的契機喔。
試著向對方說說自己覺得很討厭的地方，
也聽聽對方的想法，然後彼此為做不好的地方道歉吧。

會吵架
是感情好的證明。
請趕快和好吧！

吵架了之後。

回顧為什麼吵架，是很不錯的反應。

如果是自己的錯，馬上就道歉。

就算是朋友的錯，

想想，是不是他有什麼原因，

去聽聽他怎麼說，是很重要的喔。

如何
修復感情？

只要知道祕訣，應該可以馬上改善。
來試試看吧！

直接道歉

- ·很抱歉球不能借你。
  因為已經答應要借其他人了⋯⋯
- ·剛剛説 你很小氣，很抱歉。
- ·偷懶沒打掃，造成你的困擾很抱歉。

聽聽他怎麼説

- ·你為什麼生氣呢？
- ·我做了什麼讓你不開心嗎？
- ·請讓我聽聽原因。

説不出來的
時候
試試寫信吧

小芳：

對不起我今天沒能赴約。
因為忘記有補習。
明天可以去玩，要去公園玩嗎？
等你回覆喔。

小華

大家說著說著突然吵了起來!?

想要解決
爭執不下的情況
你會怎麼做？

A 詢問為什麼
會變成這樣

B 出聲制止
「不要吵了！」

‖ START ‖

阻止

班上
發生了爭執！
你會怎麼做？

不阻止

C 假裝
沒看到

D 找人討論

一人獨享

要怎麼解決才好呢？

Ⓐ 詢問為什麼會變成這樣

查明理由，對解決問題是很重要的呢。
你願意詢問朋友們的各方意見，破除誤解，
讓大家都輕鬆不少喔。

Ⓑ 出聲制止「不要吵了」

如果缺乏勇氣，是不敢說出這句話的呢。
敢大聲說出這句話的你，真的很棒！
但接著，請繼續想想下一步該怎麼解決事情吧。

Ⓒ 假裝沒看到

放任不管，也許會自然沒事也不一定？
確實有可能會這樣，但是更可能會使得關係變差。
如果大家能一起提出意見，一起解決，會比較好喔。

Ⓓ 找人討論

如果同學們可以自己解決的話，這是可行的方法。
但如果場面很難處理，
找老師討論、協助，也是很好的喔。
別煩惱，一定能一起找到解決的好辦法！

如果好好溝通解決，
感情會變得更好喔！

一整天都在同一個班級中相處，
難免會發生爭執或發生各種事情。
如果狀況發生了，
請試著大家一起討論為什麼會這樣，
一起商量該怎麼處理比較好。
透過傾聽不同的意見，
強化同學間的連結，
大家感情才會更好喔！

送給你　　謝謝

解決問題的
祕訣!

發生爭執或糾紛時,試著寫下來,
整理大家的意見,也會更容易發現和解決問題喔。
請參考下方筆記的舉例。

問題解決 Note

◎為什麼會發生這個問題?

・小華:「有人打掃時間偷懶。太過分了!」
・小明:「我被選上運動會的接力賽選手。
　　　　因為要練習,所以這個時間不能打掃」
・
・
・

◎要怎麼解決呢?

・每當接力賽練習日時,提前交換工作。
・
・
・

如何邀請大家和你一起出去玩？

你通常都怎麼邀約朋友呢？請選出你的答案。

A 「一起去○○！快來！」

B 「我想去○○。要不要一起玩?」

C 從不會主動邀約

彼此彼此　請多多指教

2 球　2 球　我要 3 球

你都怎麼邀約朋友呢？

A 「一起去○○！快來！」

你可以明確的表達自己的意見，真的很棒喔。
但是，可能會因為太直接，讓人感覺被強迫，
所以如果可以先問問朋友的意願，就更好了。

B 「我想去○○。要不要一起去？」

你說了「一起」這樣子的話，會讓被邀約的一方心情很好喔。
就算是自己不擅長的遊戲，
也會因此心想「我也去試試吧！」。

C 從不會主動邀約

等別人邀約也不是壞事喔。
但是，如果是自己想做的事、覺得有趣的事，
能夠找朋友一起做的話，會很開心吧？
請找出自己想做的事，
試著主動邀約吧。

先考慮到每個人的心情
再邀約就更棒了

如果邀請朋友一起去玩，卻被拒絕，

應該會覺得很失落吧。

但是，朋友也可能有剛好不能去的時候，

也許跟其他朋友有約，或是要補習，

或是家裡有事也說不定。

所以就算拒絕你，

也不代表是討厭你。

不要擔心被拒絕而想太多，

請先試著輕鬆的提出邀約吧。

先考慮對方或大家的意願，再提出邀約是重點喔。

1.聽取大家的意見。

大家打算要一起玩的時候，要去哪裡？要玩什麼？
聽聽要參加的每一個意見。
同時也聽聽不同的想法，再一起討論、決定。

2.無法決定時，採多數決。

怎麼都決定不了時，可以採用多數決。
但是，如果A和B兩個選項，都有很多人選的話，
也可以今天玩A，改天再玩B，
讓雙方都得到滿意的結果。

3.被拒絕，
就改約其他天。

如果被拒絕了，
可能是因為約的時間點不湊巧，
請告訴對方：「下次再一起玩吧！」
直接改約另一天試試看，
是不是也不錯呢？

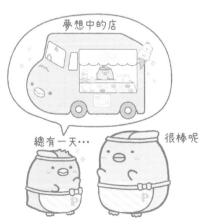

夢想中的店

總有一天…   很棒呢

如何跟不同的人，都成為好朋友呢？

你有什麼樣的
朋友呢？
請打勾 ☑

☐ 只和班上同學玩

☐ 不管男生女生
　　都會一起玩

☐ 不同學校的朋友
　　也可以一起玩

☐ 不管年紀大小
　　都可以一起玩

只和班上同學玩

和了解彼此脾氣，互相熟悉的朋友一起玩，讓人很安心！
但是，也不要錯過認識新朋友的機會喔。
偶爾，也試試和其他班或不同年級的朋友一起玩吧。

不管男生女生，都會一起玩

不在乎玩伴是男生或女生的你，
應該知道了更多可以大家一起玩的遊戲吧？
這真的是很棒喔！

不同學校的朋友也可以一起玩

和其他學校的朋友一起玩，
可以聊聊不一樣的話題，有新的發現，
不論是流行的事物或例行活動，
都有機會接觸到新鮮的啟發。

不管年紀大小，都可以一起玩

年紀比我大的同學，可以教我不知道的事；
年紀比我小的同學，可以讓我發現平常沒發現的自己。
和同年級的同學一起玩很開心，
但是和不同年紀的朋友一起玩，
更有不一樣的樂趣呢。

結交各種不同的朋友，
可以開拓自己的世界喔！

不同性別或年齡的人，

住在不同地方的人，

如果都可以結交成朋友，

說不定，透過他們發現有趣的事物，

可以常常玩不同的遊戲，

還可以了解不一樣的新鮮事！

請結交不一樣的朋友，

讓自己的世界更開闊吧！

和不同的朋友
一起玩
樂趣多多！

以下是能夠和不同的朋友一起玩的重點。

1.不要在意是男生或女生！

和自己不同性別的朋友說話，
會發現有很多意想不到、有趣的事情。
不要太在意對方是男生或女生，如果能當好朋友，
就能挖掘出更多快樂的新發現喔。

2.不同學校的朋友也很重要！

認識不同學校的朋友，
是可以學到很多新事物的好機會！
問問他們最近流行什麼，再回學校分享給自己的同學，
說不定會讓你更受歡迎喔！

3.不要在意年齡差距！

想要交朋友的對象，比自己年紀大或小，
完全不需要在意喔，只要用真誠來往，
對方一定也不在意年齡差距呢。

不知道怎麼相處的朋友

應該如何增進感情？

班上有些不知道
該怎麼相處的同學吧，
你會跟他說話嗎？

START

Q:
和不知道
如何相處的朋友
分在同一組

主動跟他說話

A 大膽的
開口攀談

B 只說必須
要說的話

不主動跟他說話

C 等他開口
跟我說話

D 盡可能
避開他

你可以與不常相處的朋友好好相處嗎？

A 大膽的開口交談

面對平常不常交談的朋友，
一開始可能會覺得不知道怎麼相處。
如果你能夠大膽的先開口，
就可以發現他的另一面，說不定能因此變成好朋友喔！

B 只說必須要說的話

說必要說的話很重要，
但是只說必要說的話，就很難了解對方。
從「你喜歡什麼電視節目？」之類的聊聊天吧！
小小的事也沒關係，先試著問一問會很不錯喔。

C 等他開口跟我說話

不知道對方對自己有什麼想法，所以你不敢開口說話
而靜靜等待。但是，你不知道對方想什麼，
同樣的，對方也不知道你在想什麼。
加油！提起勇氣，由自己先開口吧！

D 盡可能避開他

因為不知道怎麼跟他相處，所以你就避開他的話，
這樣你們永遠沒機會了解對方，也不可能成為朋友喔。
想辦法製造一個契機吧！
請務必從自己先開口試試看喔。

如果能一起聊聊天
感情會更好喔！

班級中，應該有你不知道怎麼相處的同學吧。

班級裡，同學來自不同家庭，有不同的個性，

所以，

大膽的主動找他說說話吧！

說不定會發現，

其實和他意氣相投，或是擁有相同興趣，

只是以前沒機會發現喔。

結交不同個性的朋友好快樂!

一起挖掘各種優點吧。
只要發現對方的優點,
應該就能感情越來越好喔!

認真的人

他很守時,
盡責做好自己的事。
值得向他看齊喔。

穩重的人

兩人聊聊心裡的看法,
好像會迸出新發現喔。
可以把他當成聊天對象,
慢慢的多聊聊喔。

淘氣的人

他突如其來的行為
雖然常讓人嚇一跳,
但是只要和他在一起,
就覺得元氣滿滿!

説話直接的人

他很誠實的表達,
不會隱瞞,
這樣的人相處起來很輕鬆喔。

喜歡講話的人

他表達能力超強,
可以吸引周圍的人,
超厲害的!
快請他教你這些「話術」吧。

細心的人

他能幫你注意到
連自己都沒注意到的
小地方,
真是幫了大忙!

要和好朋友分開了，怎麼辦？

社團活動中，
好朋友
要換到別組去，
你會怎麼辦？

A 超級沮喪

B 在新的群組
結交
其他新朋友

C 去朋友的
新群組
找他

A 超級沮喪

和感情好的朋友分開，
一定感到很寂寞、不安吧。
但是，仔細想想，這也是沒辦法的事，
所以調適自己的心情也是很重要的喔。

B 在新的群組結交其他新朋友

和感情好的朋友分開，
也是結交新朋友的好機會喔。
只要想到「今天或許能認識不同類型的朋友喔！」
就讓人很興奮呢。

C 去朋友的新群組找他

看到好朋友讓人安心，又能解除緊張。
但是，老是跑去別的群組，
說不定就會因此很難在新群組裡交到新朋友，
也說不定兩個群組的夥伴都因此感到很困擾呢。

轉班或參加社團活動，
是結交新朋友的
好機會！

轉班或參加社團活動，

必須和好朋友，

分開在不同的班級或社團。

要和好朋友分開，

真的讓人感到很寂寞，

但是這也是結交新朋友的好機會喔！

認識了新朋友，

試著自己主動打招呼、聊聊天吧。

一定可以增加很多的好朋友。

融入新班級或
新團體的祕訣

雖然有點緊張，
只要記住祕訣，就沒問題！
心情要變好，首先從臉上帶著笑容開始。

請　哇

1. 笑容滿面!

笑容是交朋友的基礎！
只要充滿元氣的說「早安！」、「再見！」，
能讓人留下好印象。向隔壁座位、前後座位的同學打招呼
說著「請多多指教！」的同時，請記得帶著笑容喔！

2. 直接問「可以跟大家做朋友嗎?」

如果加入了新朋友團體，可以試著問問大家「可以跟大家做
朋友嗎？」如果不乾不脆、扭扭捏捏的，會無法讓人瞭解你
的心意，所以這個時候，直接明確的傳達是很重要的事！

3. 一起笑一起驚訝

聽人說話時，如果他笑了，也加入一起笑；
如果他做出驚訝的表情，也加入一起做出誇張的表情。
說話的人會覺得「他很懂我耶」、「他很認真聽我說話」，
馬上就能拉近距離。

結交新朋友，互相幫忙，互相援助。
讓大家都能珍惜彼此的心意。

第3章

我是一個
怎麼樣的人？

和朋友友好相處的祕訣
就是自己也要是個很好相處的人。
來重新省視自己是一個怎樣的人吧。

真正的「我」是一個怎麼樣的人？

你有
多了解
自己呢？

A 約好的時間
朋友遲到了一會兒
① 會生氣
② 不會生氣

B 別人跟我借的漫畫
一直沒還。
① 感到不安
② 不會感到不安

C 朋友請假了
放學自己回家
① 寂寞
② 不寂寞

D 房間亂七八糟
被媽媽罵
① 失落一陣子
② 馬上整理房間

A 約好的時間，朋友遲到了一會兒……

回答「會生氣」的你，是個很認真的人。
總是很重視且嚴守時間，
沒辦法守時的行為，是否總讓你感到討厭？

B 別人跟我借的漫畫一直沒還……

回答「感到不安」的你。
腦中充斥著「會不會弄丟了？」、
「會不會忘記要還我了？」等等各種不好的想像畫面。
你常常這樣胡思亂想吧？

C 一個人放學回家……

回答「寂寞」的你。
一直有朋友的陪伴，是不是讓你很安心呢？
或許是因為和朋友在一起，
才能表達出自己真正的心情吧。

D 被責罵了……

回答「會感到失落」的你，
一被責罵就會很不舒服吧。
是不是覺得自己整個人都被否定了呢？

更了解自己，
就會更喜歡自己喔！

認真審視自己，

就會發現自己的優點與缺點喔！

發現優點就發揚光大，

發現缺點就改進！

如此一來，就能更加提升自己，

更加喜歡自己喔。

察覺
自己的感受!

要了解自己真正的心情感受不太容易呢。
但是,這裡要為各位介紹可以簡單察覺到內心感受的方法喔。

察覺自己心情感受的方法

在紙上把想到的都寫出來,
就可以讓自己明白自己的感受喔。
寫下「為什麼會這麼想呢」,
試著更了解自己!

察覺自己真正感受的筆記

小雪借走的漫畫一直沒還我。

▼

該不會忘記是跟我借的吧……好擔心!

▼

以前跟我借東西,也是很久才還我。

▼

但是只要提醒他,馬上就會還我了!

▼

不太敢跟他説「還給我」。

▼

下次借東西給他,要記得説「要趕快還我喔」!

你「討厭」或「喜歡」自己呢？

什麼時候
會覺得討厭自己呢？
請打勾☑！

☐ 說話
　不有趣時

☐ 傷害到
　別人時

☐ 考試
　沒考好時

☐ 賽跑時
　跌倒了

☐ 比賽輸了

說話不有趣時

可以逗樂朋友，自己也因此會感到很開心吧。
但是，隨時都要說出有趣好笑的事，並不容易。
其實一般的對話，讓大家聊得很開心，也就足夠了喔。

傷害到別人時

傷害到別人，也一樣會傷害到自己的心情吧。
但是，只要馬上道歉，
不管是朋友或自己，都可以快快的揮別壞心情。

考試沒考好時

認真努力過，卻沒得到回報，真的很遺憾！
但是，不要氣餒，繼續努力，讓大家看到你努力學習的態度。

賽跑時跌倒了

應該會覺得很丟臉吧。但是，這正是你拚命努力的證明，
不要過於在意，會沒事的喔。

比賽輸了

運動比賽、舞蹈比賽，各式各樣的「勝負」競賽，
失敗乃兵家常事。下次有機會，再好好努力就好了。

把「討厭」
變成「喜歡」

如果發現自己盡是缺點或壞處，

會很「討厭」自己吧。

不過你一定也有很多優點，

或正在努力改進的地方才對。

為了讓你「喜歡」自己，

請找出自己的優點還有正在努力的地方吧！

如此一來，就可以從「討厭」自己

變成「喜歡」自己囉。

找出喜歡自己
的地方

你喜歡自己的哪些地方呢？
在紙上列出來吧！
寫著寫著，就會對自己越來越有自信喔。

◎喜歡自己的地方

・和班上同學相處得很好！

・從沮喪低潮中恢復得很快！

・可以彈奏很難的鋼琴曲目

・很盡責陪狗狗去散步

・很會做餅乾，大家都很喜歡

・讀很多書或漫畫

哇——

怎麼樣會感到「開心」呢？

什麼樣的情況
你會覺得
很開心呢？
☑請打勾！

☐ 朋友對我
　很好時

☐ 收到
　生日禮物時

☐ 被大人
　誇獎時

☐ 和大家
　一起完成
　某件事時

朋友對我很好時

失落的時候、失敗的時候，
朋友的溫柔對待，
的確可以讓人重新振作，恢復精神呢。

收到生日禮物時

收到禮物當然很開心啦，
但重要的是收到祝福的心意，也讓人很開心。

被大人誇獎時

被家中長輩或學校的老師等大人誇獎時，
你會不會心想「我努力了真好」呢？

和大家一起完成某件事時

運動會或園遊會時，和班上同學，
共同為某件事或表演一起加油、努力。
完成時，真的會讓人心情非常好呢。

大家開心，
你也會跟著一起開心喔！

友善對待朋友或身邊的人，

大家一起完成某件事，

大家都很高興，你的心情也跟著變得很好吧。

這一點每個人都是一樣的喔。

了解自己的「快樂」，再由自己出發，

將「快樂」傳遞給大家，那就更好了呢。

一起來寫
快樂日記吧！

把這一天發生的快樂的事情寫下來，
一起來寫「快樂日記」吧！
每天都記錄3件快樂的事情，
請將感到快樂的理由也寫下來喔。

快樂日記

◎被媽媽稱讚了

……每天都是媽媽叫我起床，
今天我自己起床！以後也要加油。

◎去小凜家玩

……發現我和小凜喜歡看同一個卡通節目。
兩個人一起唱主題曲，好開心啊。

◎晚餐吃焗烤

……我最喜歡焗烤了，有滿滿的起司，好好吃。
爸爸說他喜歡有蝦子的焗烤。

說謊是不好的事？

你覺得說謊好嗎？

A 沒被發現就沒關係！

B 雖然覺得不好但是不小心說了

 是

=START=

說謊也沒關係嗎？

 不是

C 遲早會被發現所以不說謊

D 說謊就是不對

Ⓐ 沒被發現，就沒關係！

就算沒被發現，自己心裡也很清楚「我說了謊」，
事後心裡也會耿耿於懷。
所以，就算不會被發現，還是不要說謊比較好喔。

Ⓑ 雖然覺得不好，但是不小心說了。

雖然心裡覺得不好，
但是有時候還是仍會說謊。
常常在事後，腦中才充滿「這樣做不太好」的念頭，
才覺得「早知道不說就好了」。

Ⓒ 遲早會被發現，所以不說謊。

常常聽人家說「謊言總有一天會被拆穿」吧。
但是，說謊不好，不是因為會穿幫，
而是因為會傷害別人，也會讓自己心裡不舒服喔。

Ⓓ 說謊就是不對！

深信說謊就是不對的你，真的很棒！
從今以後，也要繼續堅持這樣的信念喔。

說了謊，
大家都會傷心喔

不管你的謊話有多小，

為了掩蓋這個謊言，就需要再講另一個謊言，

謊言會越滾越大喔。

說了謊，自己心裡會感到痛苦，

一旦謊言被揭穿，大家心裡都會不好受。

不管什麼情況，說謊都是件不好的事喔。

説謊了
該怎麼辦？

在謊言越變越大之前，可以怎麼做呢？
趕快道歉、停止說謊，是很重要的。

1. 對說謊這件事, 真誠的道歉

真誠的向對方道歉。
「很抱歉我說了謊」、「那個時候，我沒說真話……」
只要像這樣子誠心的說明，對方一定會原諒你的。

2. 盡快停止説謊

謊話會變得越來越大喔。
為了讓說過的謊言不要穿幫，就必須再講下一個謊言，
於是謊言就會越來越沉重。
請在謊言變大之前，趕快停止說謊吧。

3. 回想看看當時為什麼會説謊

是為了讓朋友不要發現不好的地方？或是要保護自己？
一定有很多理由吧。
好好想一想，下次再發生相同事情時，
提醒自己不要再說謊了。

試著告訴別人「我需要幫忙」！

有事
需要朋友幫忙時！
你會怎麼做？

Ⓐ 心裡默默想：
「希望有人
來幫我……」

Ⓑ 強烈要求：
「快來幫我！」

Ⓒ 輕聲說：
「有沒有人可以
來幫我？」

Ⓓ 生氣的說：
「為什麼
不來幫我？」

Ⓐ 心裡默默想：「希望有人來幫我⋯⋯」

只在心裡「想」，是沒人會知道的喔。
首先請試著用言語直接傳達吧！

Ⓑ 強烈要求：「快來幫我！」

這樣聽起來好像在命令一樣。
朋友聽了心情也會很不好喔。

Ⓒ 輕聲說：「有沒有人可以來幫我？」

像這樣好聲好氣的表達，
朋友也會更願意來幫忙。

Ⓓ 生氣的說：「為什麼不來幫我？」

像這樣怒氣沖沖的說話，不只會嚇到朋友，
也會讓他不想要幫忙你喔。

想像對方的心情，
傳達想法吧！

想要把請別人幫忙的念頭傳達出去
看起來好像很簡單，實際上卻很難吧。
想要拜託別人時，因為表達的方式不同，
朋友的感受可能也會大不同喔。
所以，要傳達自己需要幫忙時，
請先想想對方會怎麼想，
如果是自己，聽到什麼會樂意幫忙呢？
想一想再說才比較好喔。
最後別忘了說「謝謝」！

如何將需要幫忙的
心情傳達出去！

不能好好將需要幫忙的心情傳達出去，真的令人好著急。
以下要告訴大家簡單的解決辦法。

1. 整理一下該怎麼説

太緊張的時候，常讓人不知道該說些什麼才好。
這個時候，請在腦海裡先想想應該怎麼開口比較好。
整理一下要說的話之後再說，就能順暢的說出來了喔。

2. 慢慢説

不管什麼時候，好好的、溫柔的說，都是最好的。
只要慢慢說，就容易讓對方了解。如果連自己都不知道要說什麼，
對方更會搞不清楚。請記得要「清楚」的傳達喔。

3. 説不出口就寫信！

有時候無法用言語好好傳達，
改用寫信的方式也OK！
寫信的話，可以彙整一下想法後再寫，
反覆讀一讀，可以隨時修改，
把自己認為「OK」的想法，
好好的傳遞出去。

有人跟我一樣嗎？

你		朋友
	喜歡的 食物	
	喜歡的 書	
	喜歡的 顏色	
	興趣	

鏘

你和朋友
有幾個不同處？

4 個都不一樣

不論感情再好，
喜歡的事物和想法不一樣是很正常的。
一起享受彼此的不同吧。
透過朋友，認識和自己不一樣的喜好和興趣，
說不定會讓你有更多新發現喔！

2～3 個

對朋友喜歡的書或事物，你會不會感興趣呢？
為什麼朋友和自己不一樣呢？
請嘗試，從「有什麼特別有趣？」、「為什麼你會喜歡呢？」
等等開始問，慢慢深入了解朋友的喜好，
幫助你更了解朋友，說不定你也會慢慢喜歡上彼此的不同喔。

0～1個

喜好和興趣幾乎一模一樣，是兩個人氣味相投的證據。
針對喜歡的事物或事情，你們可以聊得更深入喔。
就算喜歡相同的事物，理由和想法也可能不會完全相同。
發掘其中的不同點也很好喔。
不需要去刻意迎合，
而是讓「發現不同」變得很有樂趣。

認識不一樣想法的人，
真的很開心呢！

自己和朋友的想法不一樣，

是常有的事呢。

每個人的想法都不同，

就會因此發現新的事物

或是你自己不曾發現的趣味。

不同處越多，

就越能學到更多，越快樂喔！

試試看
朋友的興趣！

比方說，和喜歡跳舞的朋友一起嘗試跳舞，
你會有什麼轉變呢？

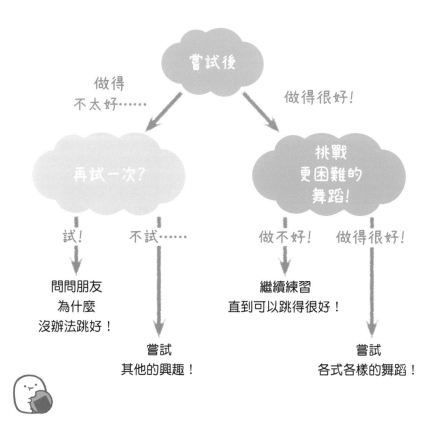

像這樣親自體驗挑戰不了解的事物，
才可以真正的知道自己到底是喜歡或是不喜歡，
還可以有話題和朋友聊天喔。

試著替自己「加分」

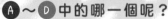

Ⓐ □不太常笑
　　□常常低著頭
　　□動不動就生氣

Ⓑ □與其互相幫忙，
　　　不如自己一個人做事
　　□不會禮讓東西或位置
　　□比起別人的意見，
　　　更在乎自己的想法

Ⓒ □常常一個人
　　□不擅長和他人聊天
　　□和別人相處
　　　也不覺得有趣

Ⓓ □不會邀約獨處的人
　　□不會搭理有困難的人
　　□就算被拜託，也不會把東西借人

A 最多勾勾的你

如果可以再開朗一點，讓相處更快樂，會更加分喔。
請留意一下，只要打招呼或面帶笑容，
氣氛就會瞬間改變喔。

B 最多勾勾的你

擁有很多朋友的話，就能接觸很多不同的想法。
想要和班上同學相處更加和睦，
給你的祕訣是多多聽別人的意見，調和彼此的想法喔。

C 最多勾勾的你

一個人的獨處雖然很重要，但是班級是聚集眾人的地方！
請試著偶爾與朋友聊聊天，一起玩吧。
這是讓你體驗合力完成挑戰和樂趣的好機會喔。

D 最多勾勾的你

你的個性是不是比較消極*呢？
如果你可以試著溫柔親切的對待朋友，
你會發現朋友也會對你溫柔又親切喔。

E 全部都沒打勾勾

你真的很棒，不需要再加分了。
請保持現在的樣子，繼續關心周遭的人事物吧！

★「消極」，
…指的是不太會由自己主導去推進一件事情。

為自己加點分，
就能再多交一些朋友。

每個人都有優點，也有缺點。

因為人不是絕對完美的，

能夠意識到自己不足，是很重要的喔。

發現自己不夠好的地方，

就努力改進吧！

只要你肯努力，朋友一定能感受到你的改變！

提升自己的祕訣！

一點點小用心，
就可以改變你給他人的印象喔！
先從下列幾項開始吧。

1. 説話

慢慢的溫柔的訴說，
大家會更樂意聽你說喔。

2. 打招呼

除了朋友，
也向鄰居、老師和家人們
打打招呼吧！

3. 聆聽

不要打斷別人說話，
請提醒自己先仔細聆聽，
偶爾回應對方，對方會很開心喔。

4. 笑容

說話時或打招呼時，
請別忘了笑容！

5. 開朗

舉止總是
朝氣滿滿又開朗。
你身邊的人也會很開朗喔！

讓自己更加的閃閃發亮

你喜歡
什麼生物呢?

Q 你喜歡什麼生物?
在下方選項中挑選出來,
並寫下理由吧!可以複選!

狗	貓

兔子	貓熊

鳥	松鼠

倉鼠	其他 ( )

謝謝

噗咻

從喜歡的生物及喜歡的原因，
可以一窺「想要成為的自己」的模樣。

狗

> 總是陪著我，
> 療癒著我。

像這樣回答的你，
是不是總是想要有人陪，
想要撫慰別人呢？
要怎麼做，
才可以成為
自己想要成為的自己呢？
好好思考的過程，
也很有樂趣呢。

發現「想成為的自己」
就能更加閃閃發光！

希望自己隨時都保持開朗、閃閃發亮的模樣！
但是，當然偶爾也會有心情不好
或沮喪的時候。
遇到這種時候，
請看向「想成為的自己」的目標，
告訴自己「繼續努力」！

讓自己閃閃發光的 笑容

為了讓自己能自然而然展現笑容，一起來學學臉部體操吧！

笑容體操

重複1和2的動作，
表情就能更豐富，笑容也就能自然而然展現出來。
只要臉上有笑容，就會變得越來越開朗，
身邊的人看到你，也會很開心喔。

1.嘴巴保持O型

2.嘴巴往橫向拉

各位!與朋友友好相處,真棒!

對你來說,朋友代表著什麼意義呢?

可以一起談天,一起歡笑。
朝向同一個目標,一起努力,
偶爾向他訴訴苦,
感謝他為自己應援。
結交了好朋友,
每一天都過得很快樂。

但是,一句不經意的話,
可能會傷害了朋友,
或是導致爭執吵架。
如果不能了解朋友的心意,
內心一定會很難過、很難受吧。

要和朋友好好相處，或許最重要的是
了解自己和朋友之間的不同喔。

「 朋友一定會這樣想吧？ 」
「 雖然我是這麼想，但是朋友可能不是這麼想。 」

和朋友在一起時，
試著設身處地想想對方心裡的感受，
應該可以自然而然了解對方的心情。

互相理解對方的心情，除了自己開心，
朋友也能擁有好心情。

所以，結交到好朋友真的很棒呢！

角落小夥伴
心慌慌的角落小夥伴散步

角落小夥伴總是待在角落。
某一天，對自己缺乏自信的「企鵝？」決定外出去尋找自己⋯⋯
好朋友角落小夥伴們也戰戰兢兢跟著他一起出發。
一下搭搭電車，一下在樹蔭下喘口氣，一下躲在洞裡歇一會兒⋯⋯
在角落小夥伴幾乎不曾認識的外面的世界
角落小夥伴的心慌慌散步。

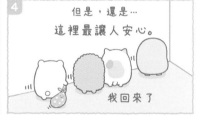

這是關於對自己缺乏自信的企鵝？尋找自我的故事。
好朋友們都跟著一起來，心裡更踏實了呢。
越了解自己，就能更友善的與朋友相處。
彼此之間相處起來更舒服，感情就能越來越好喔。
請學角落小夥伴們，慢慢的、慢慢的，一邊休息一邊
前進吧！

143

監修

相川 充（AIKAWA ATSUSHI）

筑波大學研究所人類科學研究科心理學主修教授。
博士（心理學）。廣島大學研究所結業。
主修是社會心理學。
為了解決孩子們拒絕上學與霸凌等各種問題，將社交
技能教育引進校園，引起極大迴響。《與人交往，為什
麼需要7個祕訣？一源自積極心理學的提示》新世社）、
《插畫版 利用兒童道德技能語言．表情．行動獲得道
德》（共同著作．合同出版）、《長大不困擾 看漫畫學交
朋友的方法》（金之星社）等多本著作。

Staff

構成・文	西野 泉、豐島杏實（株式會社WILL）
設計	橫地綾子（フレーズ）
編集協力	坂本 悠、桐野朋子（SAN-X株式會社）
校閱	滄流社
編集	青木英衣子

角落小夥伴與朋友和睦相處的方法

[總編輯] 賈俊國
[副總編輯] 蘇士尹　　　　　　　　　　[行銷企畫] 張莉滎・黃欣・蕭羽猜
[編輯] 高懿萩　　　　　　　　　　　　[翻譯] 高雅淋

發 行 人　何飛鵬
法律顧問　元和法律事務所 王子文律師
出　　版　布克文化出版事業部 台北市民生東路二段141號8樓
　　　　　電話：02-2500-7008 傳真：02-2502-7676 E-mail：sbooker.service@cite.com.tw
發　　行　英屬蓋曼群島商家庭傳媒股份有限公司城邦分公司
　　　　　台北市中山區民生東路二段141號2樓
　　　　　書虫客服服務專線：02-25007718；25007719　24小時傳真專線：02-25001990；25001991
　　　　　劃撥帳號：19863813；戶名：書虫股份有限公司　讀者服務信箱：service@readingclub.com.tw
香港發行所　城邦（香港）出版集團有限公司　香港灣仔駱克道193號東超商業中心1樓
　　　　　電話：+852-2508-6231　　傳真：+852-2578-9337　E-mail：hkcite@biznetvigator.com
馬新發行所　城邦（馬新）出版集團
　　　　　Cite (M) Sdn. Bhd. 41, Jalan Radin Anum, Bandar Baru Sri Petaling, 57000 Kuala Lumpur,
　　　　　Malaysia
　　　　　電話：+603-9057-8822　傳真：+603-9057-6622
印　　刷　韋懋實業有限公司
初　　版　2022年1月
　　　　　2022年2月初版8刷
定　　價　300元
I S B N　978-986-0796-12-4
E I S B N　978-986-0796-13-1（EPUB）

SUMIKKOGURASHI NO OTOMODACHI TO NAKAYOKUSURU HOHO edited by Shufu To Seikatsu Sha Co., Ltd.
Supervised by Atsushi Aikawa
©2019 San-X Co., Ltd. All Rights Reserved.
First published in Japan in 2020 by Shufu To Seikatsu Sha Co., Ltd.
Complex Chinese Character translation rights reserved by Sbooker Publications, a division of Cite
Publishing Ltd. under the license from Shufu To Seikatsu Sha Co., Ltd. through Haii AS International
Co., Ltd